天人岁

西泠印社名家篆刻集

周国城　莫道明　编著

西泠印社出版社

图书在版编目（CIP）数据

天人山水 ：西泠印社名家篆刻集 / 周国城，莫道明编著. -- 杭州 ：西泠印社出版社，2021.1
ISBN 978-7-5508-3334-0

Ⅰ. ①天… Ⅱ. ①周… ②莫… Ⅲ. ①汉字－印谱－中国－现代 Ⅳ. ①J292.47

中国版本图书馆CIP数据核字(2021)第017886号

天人山水 西泠印社名家篆刻集
周国城，莫道明 编著

出品人 江 吟
责任编辑 伍 佳
责任出版 李 兵
责任校对 徐 岫
装帧设计 全程設計工廠 · 廖 武
出版发行 西泠印社出版社
（杭州市西湖文化广场三十二号五楼 邮政编码：310014）
经 销 全国新华书店
制 版 广州市全程装帧艺术有限公司
印 刷 广州市金骏彩色印务有限公司
开 本 889 毫米 ×1194 毫米 1/16
印 数 1 — 2000 册
印 张 5.25
书 号 ISBN 978-7-5508-3334-0
版 次 2021 年 1 月第 1 版 2021 年 1 月第 1 次印刷
定 价 120.00 元

西泠印社出版社发行部联系方式：（0571）87243079

序

“独学而无友，则孤陋而寡闻。”自古以来，中国文人颇为重视同道之间的切磋交流，啸傲风月，诗文唱和，兴之所至，泼墨挥毫，留下传世佳作。文人间的此种聚会被称为雅集，它与宴集不同，增加了诸如诗文、书法、绘画、音乐、曲艺等多种文化艺术的内容。历史上赫赫有名的“三大雅集”——东晋之兰亭雅集、北宋之西园雅集、元季之玉山雅集，皆以文采风流，彪炳史册。

先贤雅集盛况，令人神往。岭南莫道明先生于广州从化觅得一宝地，历七年之久，打造“天人山水”，征序于予。在中国文化中，“天人合一”几乎是儒释道各家学说都认同的精神追求。天代表了天地间自然万物，而人是万物之精灵。人是天（自然）的一部分，因此庄子说：“有人，天也；有天，亦天也。”中国人对于“天”有着敬畏之心、反观之心，人与天不是对立割裂的，而是相生相应的。故国学大家钱穆先生说：“‘天人合一’论，是中国文化对人类最大的贡献。”“中国人认为‘天命’就表露在‘人生’上。离开‘人生’，也就无从来讲‘天命’。离开‘天命’，也就无从来讲‘人生’。所以中国古人认为‘人生’与‘天命’最高贵最伟大处，便在能把他们两者和合为一。离开了人，又从何处来证明有天。”

“天人合一”的精髓，体现为人与客观世界的水乳交融，彼此相安。比如陶渊明的诗句“采菊东篱下，悠然见南山。山气日夕佳，飞鸟相与还”，其中人之惬意、鸟之飞旋、山之悠然，都和谐地舒展在一片暮色之下。据说道明先生的“天人山水”，试图通过精心的构建，尽可能消解人工与刻意的成分，从而体现自然山水之美和中国文化的意境。

雅集多有主题，如兰亭雅集之诗文书法、西园雅集之丹青翰墨、玉山雅集之曲乐歌咏，都为雅集增光添彩。道明先生素好篆刻艺术，“天人山水”遂以篆刻为主题，于方寸之间体现中国文化的气象万千。不数年间，道明先生已收集西泠印社名家篆刻百余方，不惟文辞高雅、构思精妙，而且风格样式众多，印石亦莹润可人。拟汇于一集，就赏与同好焉。未来，“天人山水”还将与一些著名印学团体联合设立篆刻研究中心，举行形式多样的活动，例如名家展、主题展、师生展、篆刻讲座、篆刻培训班等，推动篆刻创作与研究的开展。“天人山水”恢复古雅集之风，将不定期邀请志趣相投的篆刻艺术家汇集一堂，共同探寻篆刻艺术高迈深远之意趣。

从化为广州郊区，风景优美，交通便利，又不似主城区那般拥堵喧嚣，居于此地令人常有隐逸之思。“天人山水”之中建有文人画馆、禅茶室、音乐厅等，将邀请诗、文、书、画、乐、曲等各界名家跨界交流，届时画家挥毫呈丹青，书家走笔似龙蛇，琴师演奏山高长水，戏曲家天籁悠扬，当为南国文化盛事。文人雅士当能在此邂逅知音，放松心情，纵情于山水田园和文雅风流之间，于喧嚣尘世中找寻到宁静，“天人山水”也将成为可居、可游、可隐的释怀之地。是为盼也。

韩天衡

2021 年 5 月于上海嘉定

大人山水辑藏
西泠印社名家篆刻集

庚子冬作 天衡书

韩天衡 题字

目 录

（排名不分先后）

图
版

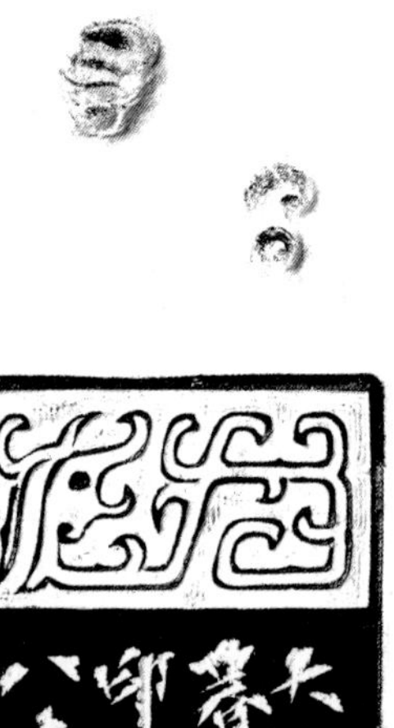

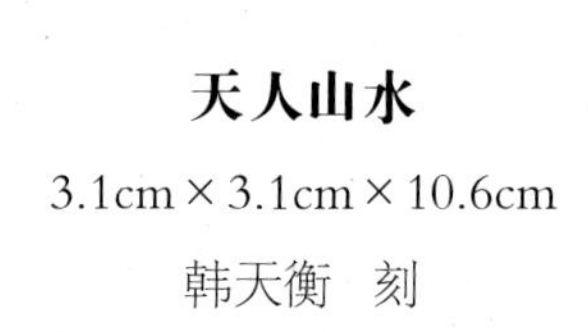

天人山水

3.1cm × 3.1cm × 10.6cm

韩天衡　刻

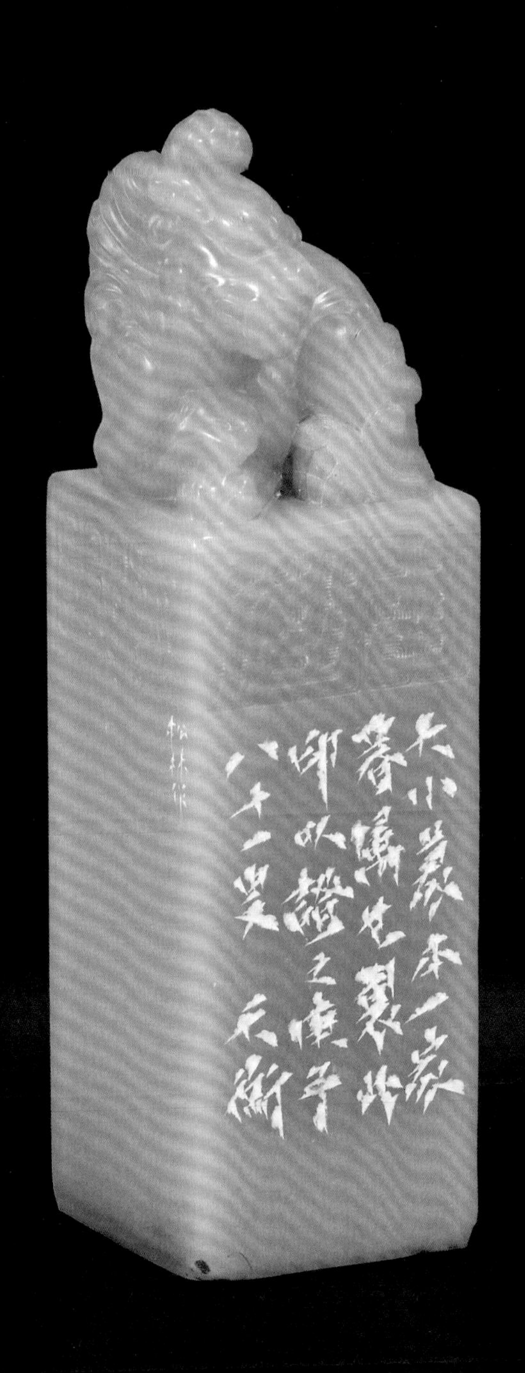
大小篆本一家
印以證之庚子
八十二叟 天衡
松林作

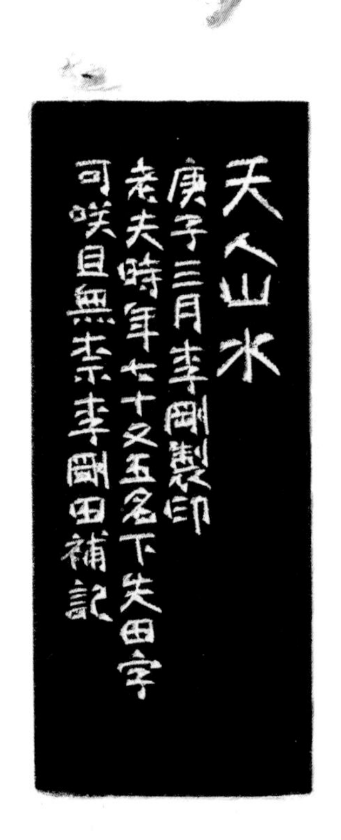

天人山水

3.4cm × 3.4cm × 12.7cm

李刚田　刻

天人山水
庚子三月李剛製印
老夫時年七十又五名下失田字
可咲且無恙李剛田補記

天人山水

5.7cm × 6.6cm × 9.3cm

周国城　刻

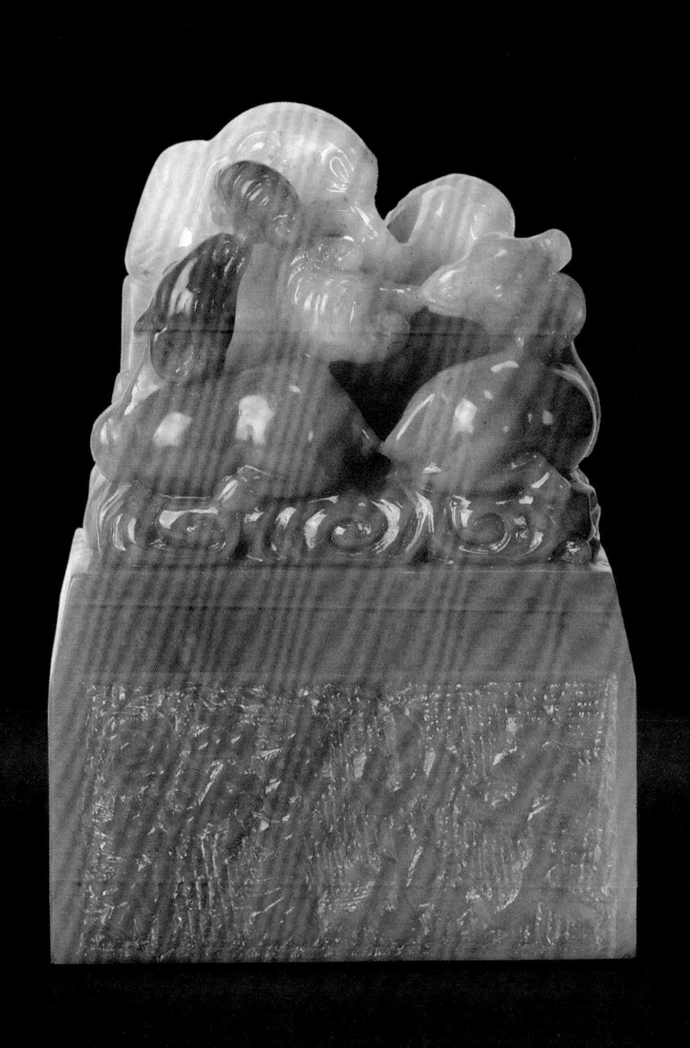

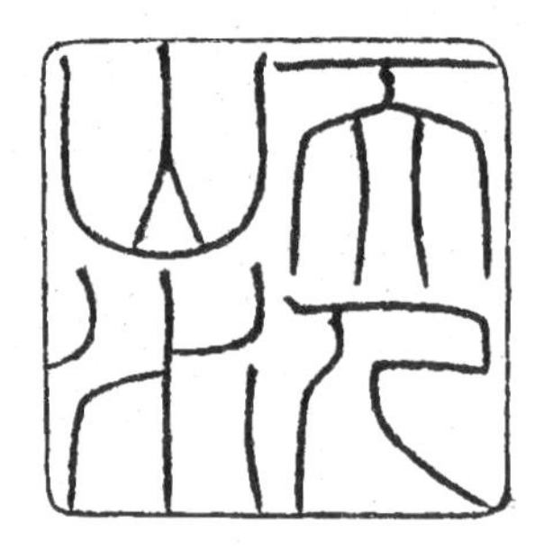

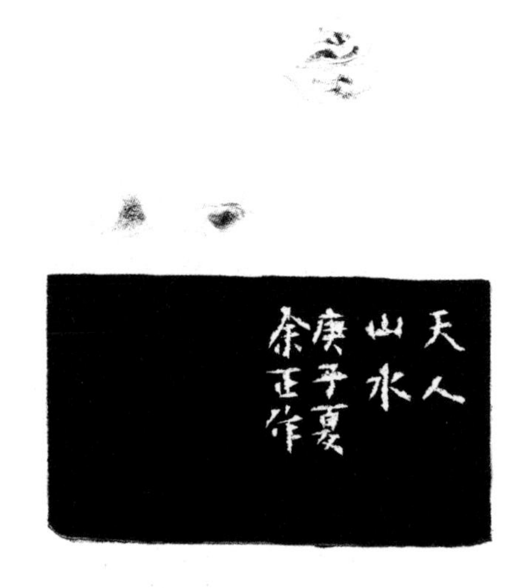

天人山水

6.3cm × 6.3cm × 7.4cm

余正　刻

天人
山水
庚子夏
余正作

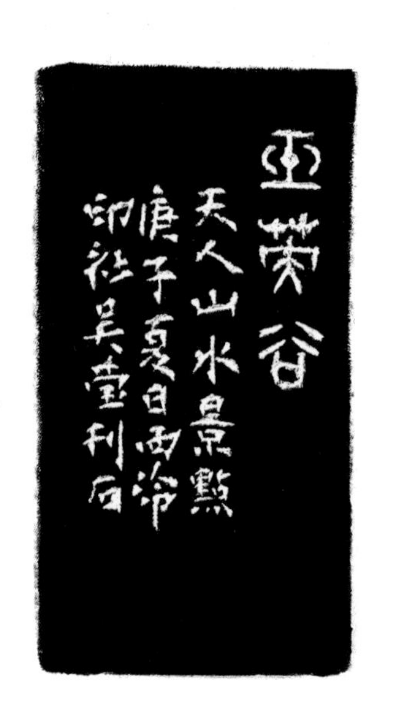

玉英谷

2.7cm×2.7cm×8.4cm

吴莹 刻

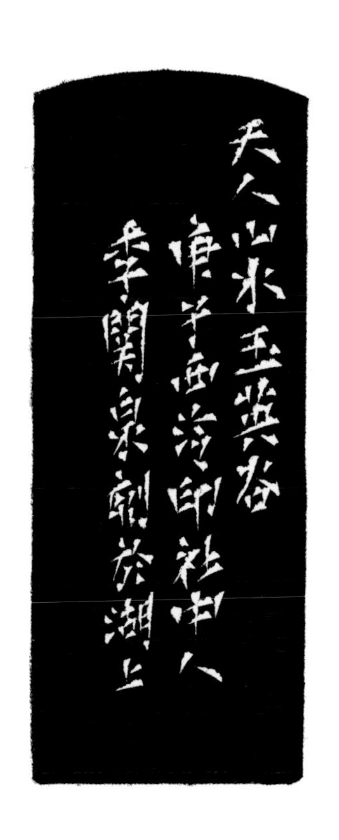

玉英谷

3.1cm × 3.1cm × 8.1cm

季关泉　刻

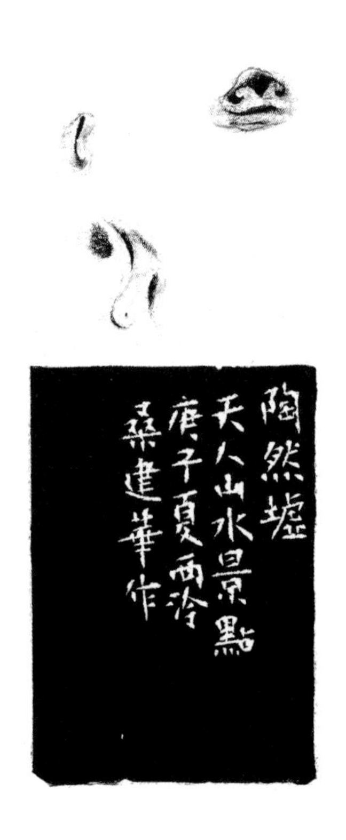

陶然墟

3.4cm × 3.4cm × 9.3cm

桑建华　刻

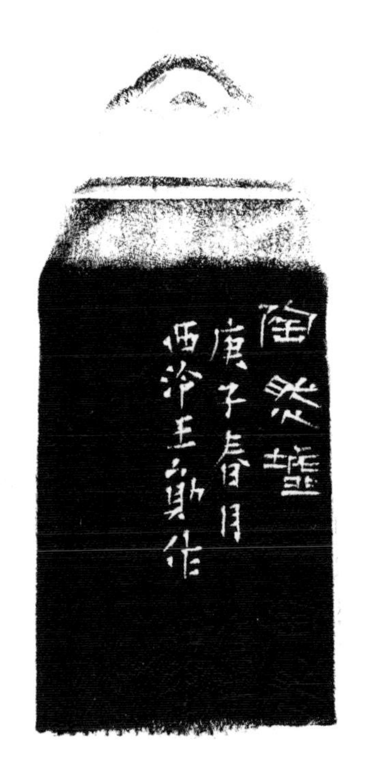

陶然墟

2.5cm × 2.5cm × 5.3cm

王勋　刻

户庭

2.9cm×3.0cm×8.7cm

陈墨　刻

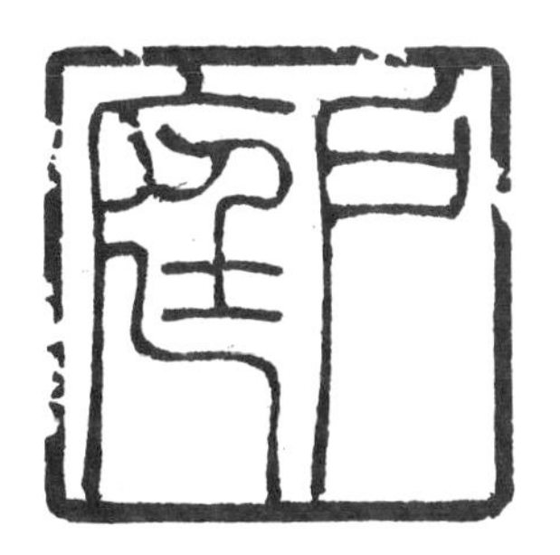

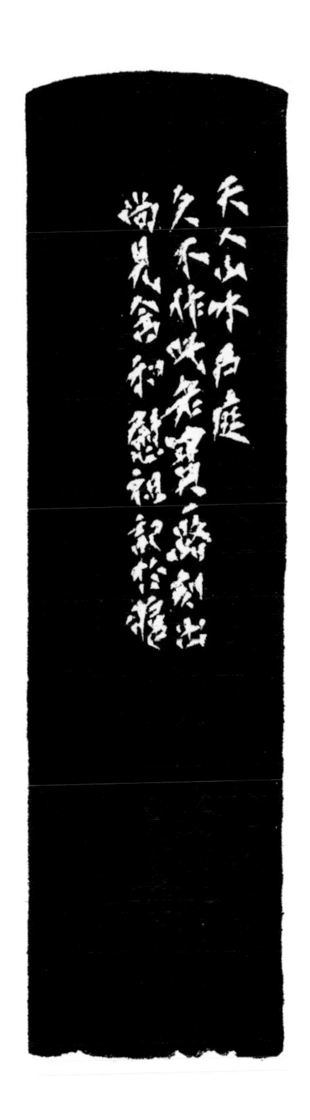

户庭

3.0cm × 3.0cm × 11.3cm

孙慰祖　刻

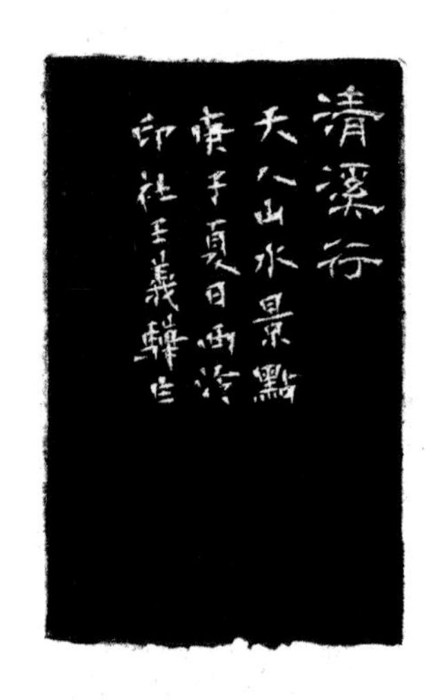

清溪行

3.2cm × 3.2cm × 9.1cm

王义骅 刻

清溪行

2.6cm × 2.6cm × 10.1cm

吴莹 刻

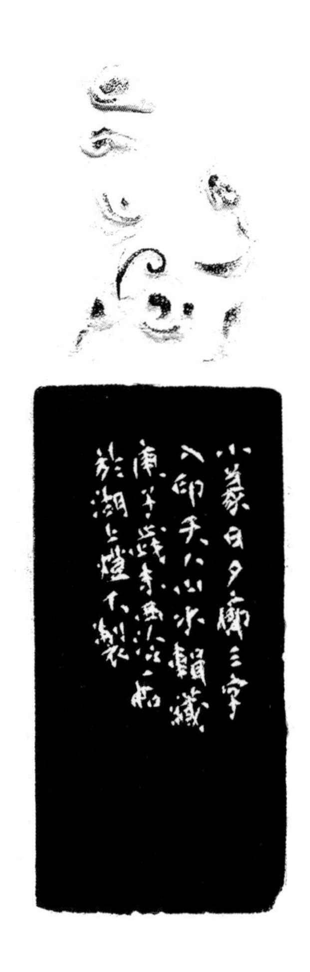

日夕廊

2.8cm × 2.8cm × 10cm

吴静初　刻

靖节园

3.5cm × 3.5cm × 10.7cm

王勋　刻

靖节园

2.9cm × 2.9cm × 10.5cm

倪郡阳　刻

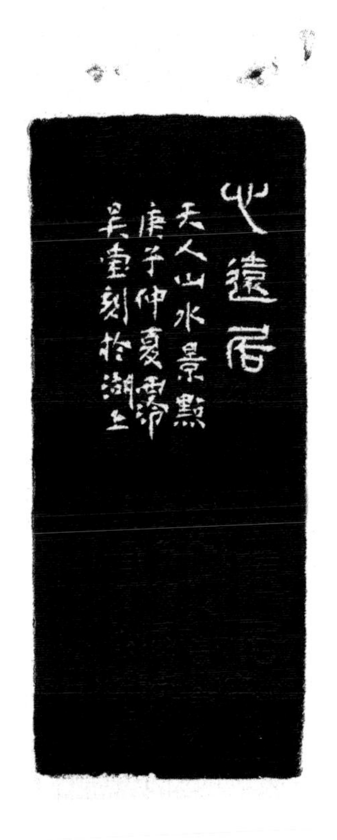

心远居

3.5cm × 3.5cm × 12.2cm

吴莹 刻

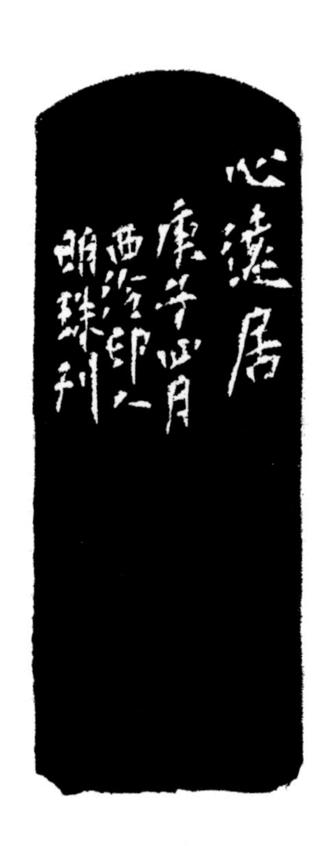

心远居

2.1cm×2.4cm×6.4cm

张明珠　刻

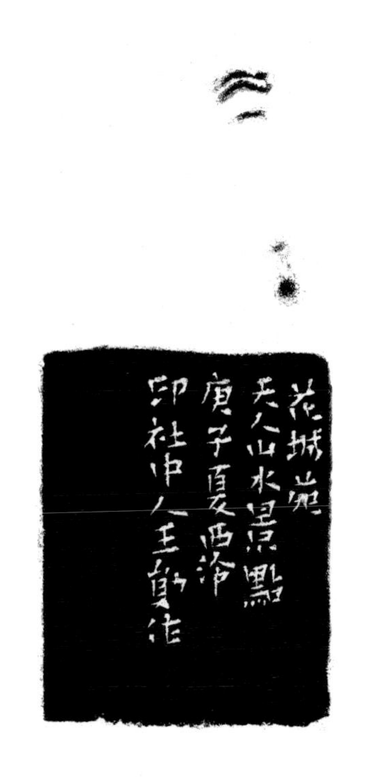

花城苑

3.2cm × 3.2cm × 7.5cm

王勋　刻

花城苑

2.9cm × 3.0cm × 12.5cm

费名瑶　刻

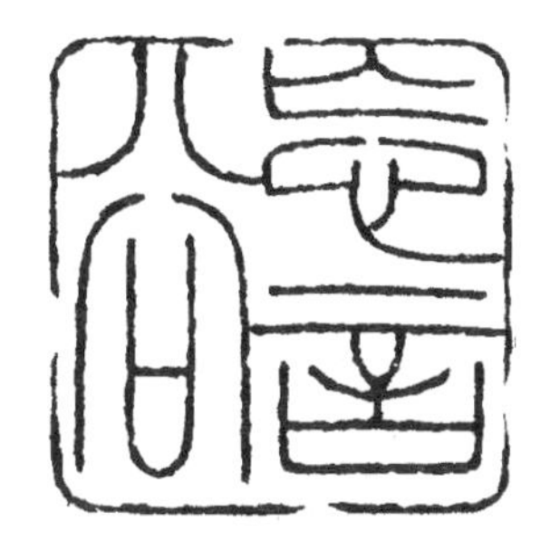

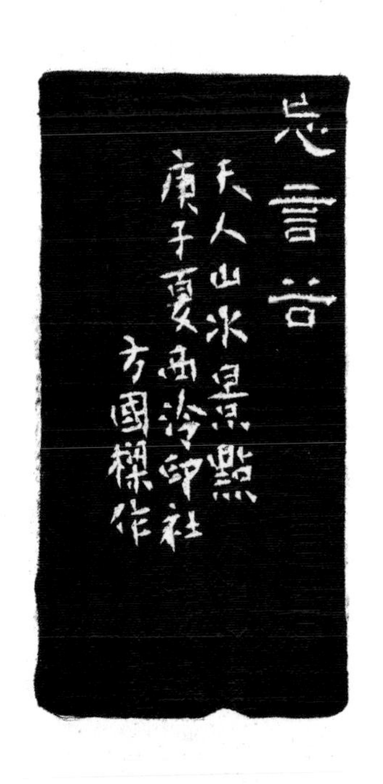

忘言谷

3.0cm×3.0cm×9.0cm

方国梁　刻

忘言谷

2.6cm×2.6cm×9.8cm

蔡毅 刻

相与堂

2.9cm × 4.5cm × 9.2cm

周国城　刻

相与堂

2.7cm × 2.7cm × 10cm

戴家妙　刻

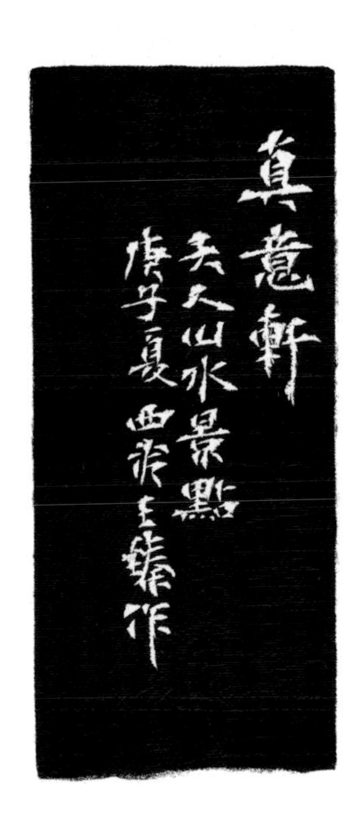

真意轩

3.6cm×3.6cm×12.3cm

王臻　刻

真意轩

2.0cm × 2.8cm × 8.4cm

姚伟荣　刻

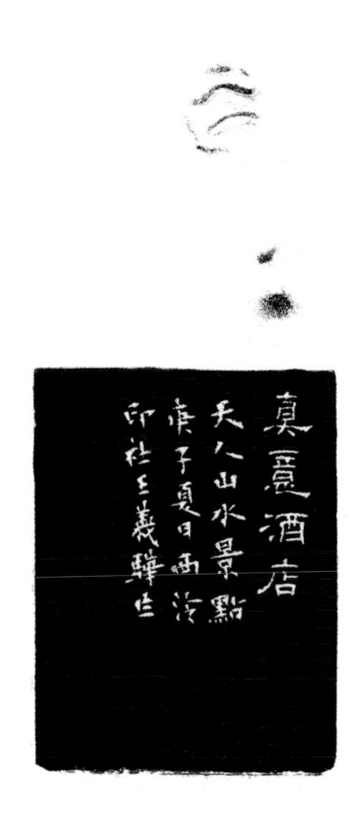

真意酒店

3.8cm × 3.8cm × 9.5cm

王义骅　刻

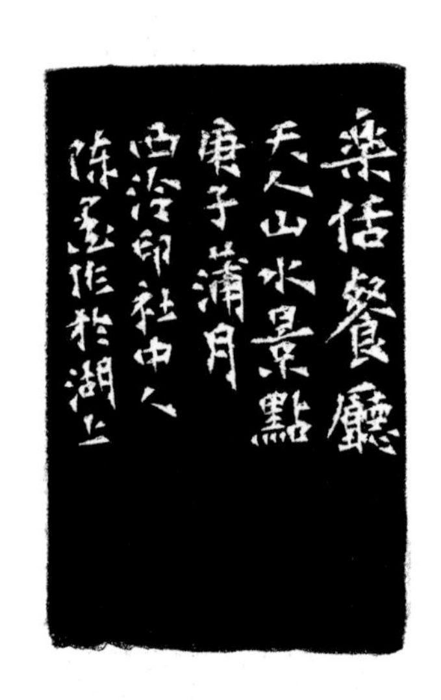

乐恬餐厅

3.4cm×3.4cm×8.9cm

陈墨　刻

令姿亭

2.4cm × 2.4cm × 8.0cm

蔡树农　刻

道

2.9cm × 2.9cm × 10.3cm

周国城　刻

守拙

3.9cm × 4.6cm × 4.9cm

周国城　刻

含弘光大

3.1cm × 3.2cm × 9.0cm

王勋　刻

龙藏深泉

3.6cm×3.6cm×7.0cm

李原斋　刻

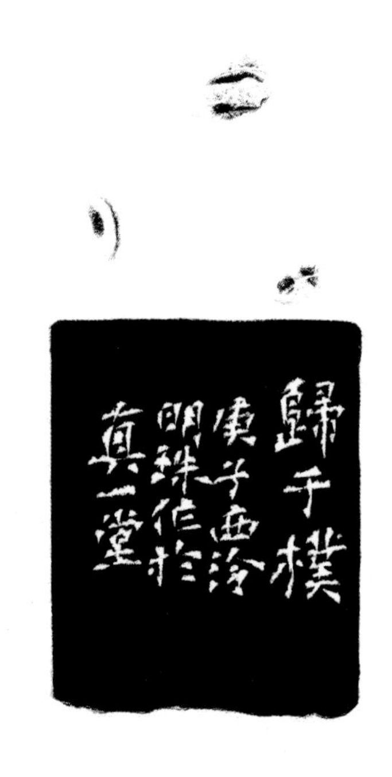

归于朴

3.4cm×3.4cm×7.4cm

张明珠　刻

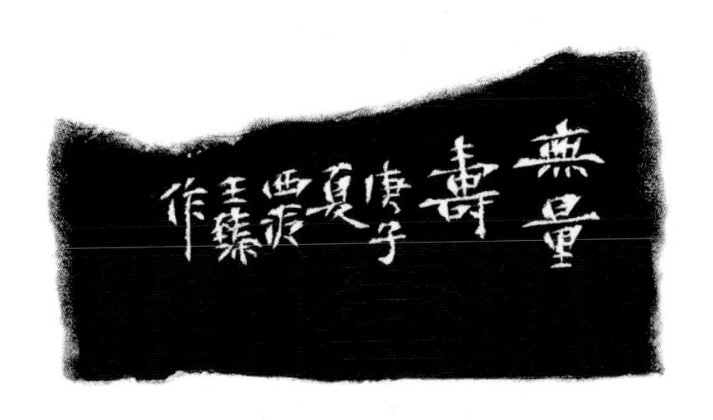

无量寿

3.4cm × 6.4cm × 3.7cm

王臻　刻

圣人无常师

1.6cm × 6.0cm × 6.0cm

桑建华　刻

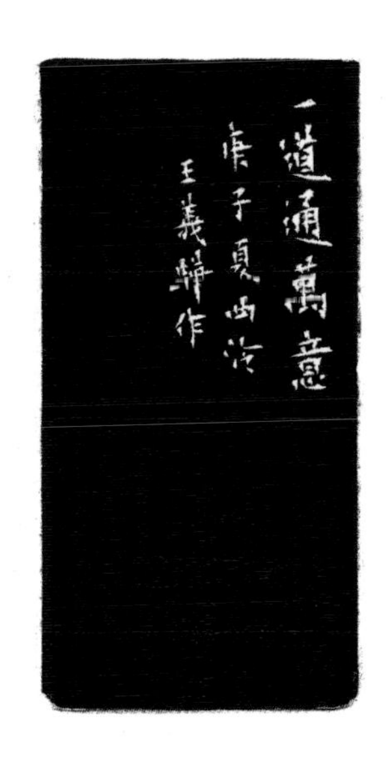

一道通万意

3.3cm × 3.4cm × 11.1cm

王义骅　刻

正本清源

3.0cm × 3.0cm × 7.3cm

包根满　刻

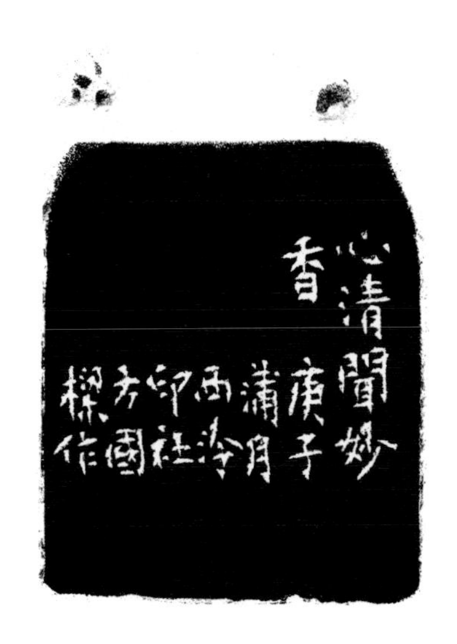

心清闻妙香

3.3cm×3.3cm×7.6cm

方国梁　刻

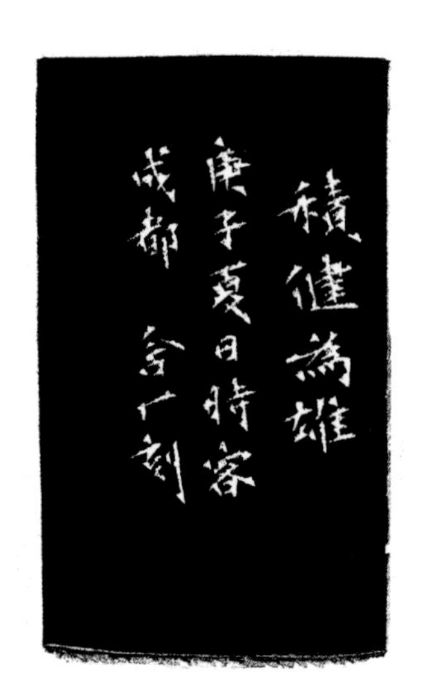

积健为雄

3.1cm × 3.1cm × 9.0cm

汪黎特　刻

逸志不群

3.4cm × 3.4cm × 7.7cm

杨西湖　刻

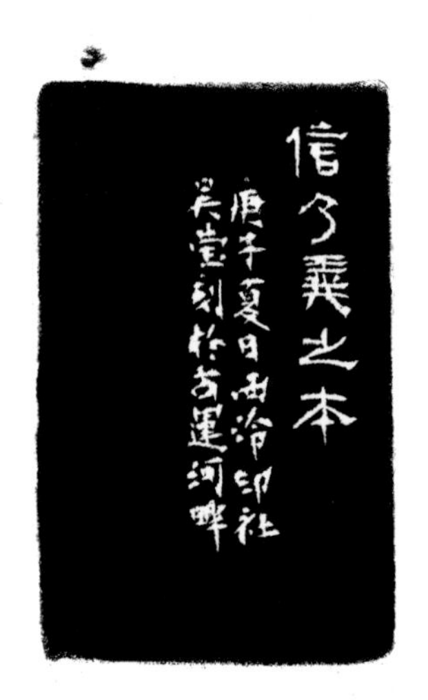

信乃义之本

3.6cm × 3.6cm × 8.7cm

吴莹 刻

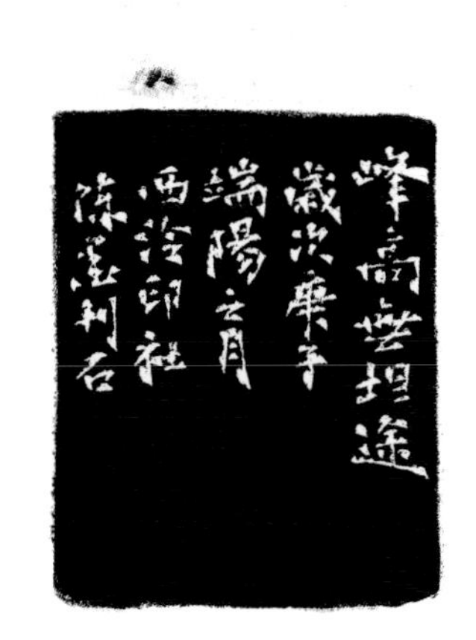

峰高无坦途

3.5cm × 3.6cm × 7.9cm

陈墨　刻

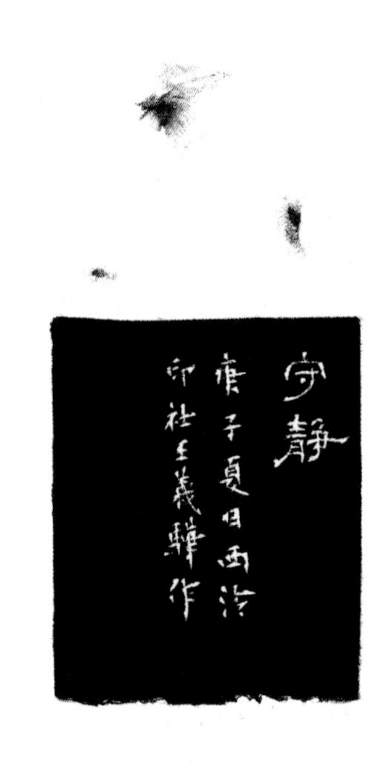

守静

3.4cm×3.4cm×7.5cm

王义骅　刻

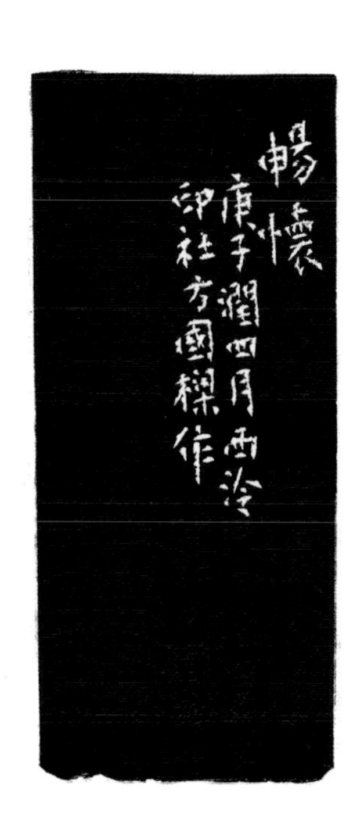

畅怀

3.2cm × 3.2cm × 11.3cm

方国梁　刻

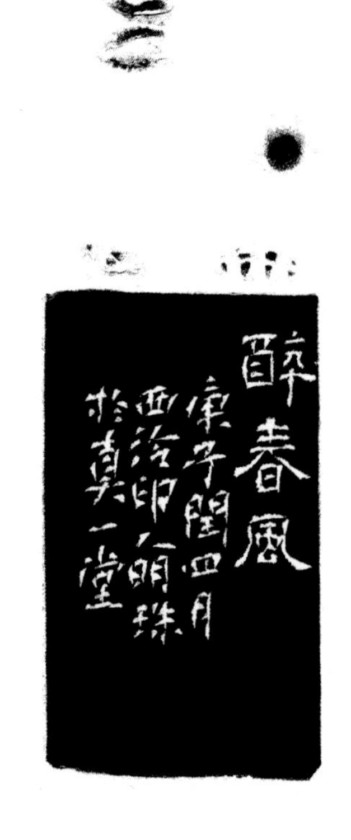

醉春风

3.2cm × 3.3cm × 9.3cm

张明珠　刻

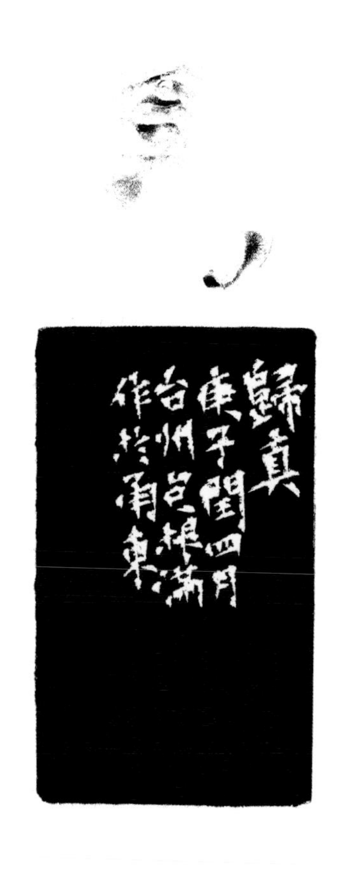

归真

3.3cm×3.3cm×8.7cm

包根满　刻

养志

1.6cm × 4.1cm × 8.3cm

王勋 刻

如意

3.3cm × 3.3cm × 7.3cm

桑建华　刻

至乐

3.2cm × 3.2cm × 8.5cm

陈墨　刻

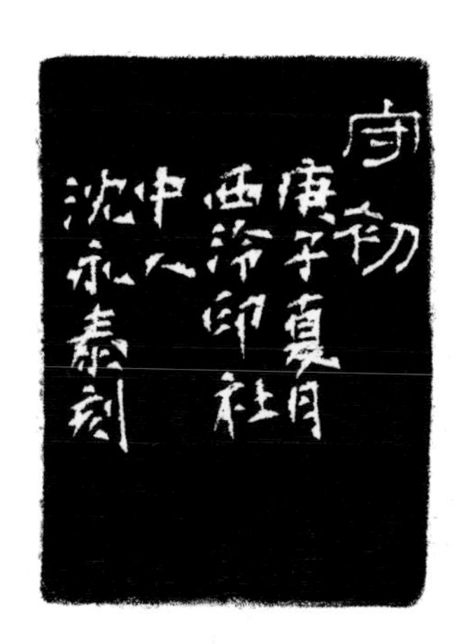

守初

3.1cm × 3.1cm × 8.0cm

沈永泰　刻

万木春

2.8cm × 2.8cm × 8.0cm

陈墨　刻

墨缘

3.1cm × 3.1cm × 8.0cm

梁晓庄　刻

舒怀

2.8cm × 2.8cm × 8.0cm

吴莹 刻

明月入怀

3.3cm × 3.3cm × 8.0cm

蔡照波　刻

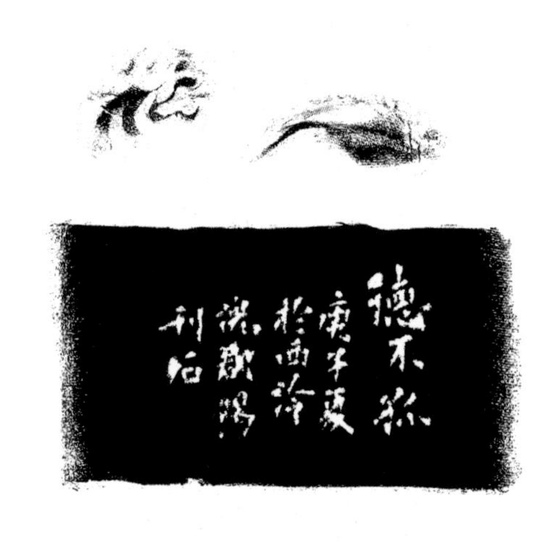

德不孤

2.2cm × 3.9cm × 4.3cm

倪郡阳　刻

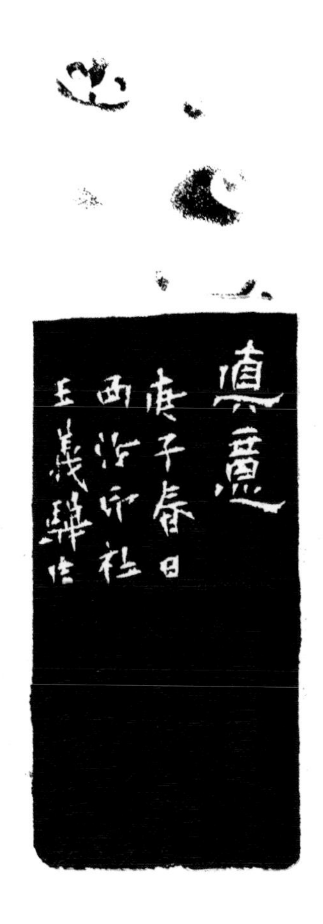

真意

2.5cm×2.5cm×8.1cm

王义骅　刻

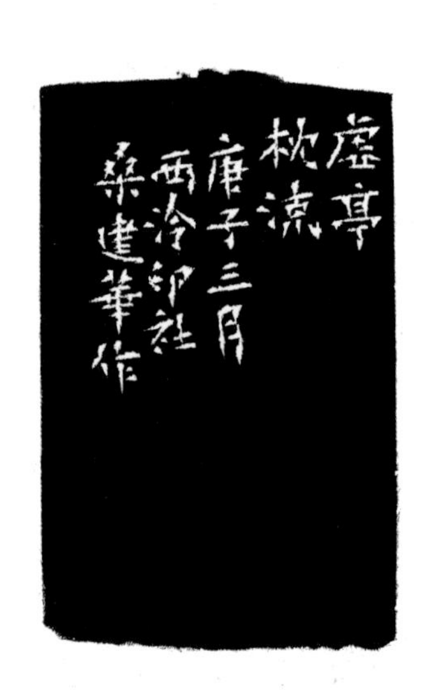

虚亭枕凉

3.6cm × 3.6cm × 6.1cm

桑建华 刻

穆如清风

3.0cm×3.0cm×8.0cm

蔡树农　刻

光风霁月

1.6cm × 2.5cm × 8.9cm

姚伟荣　刻

长乐

3.6cm × 3.6cm × 7.4cm

张明珠　刻

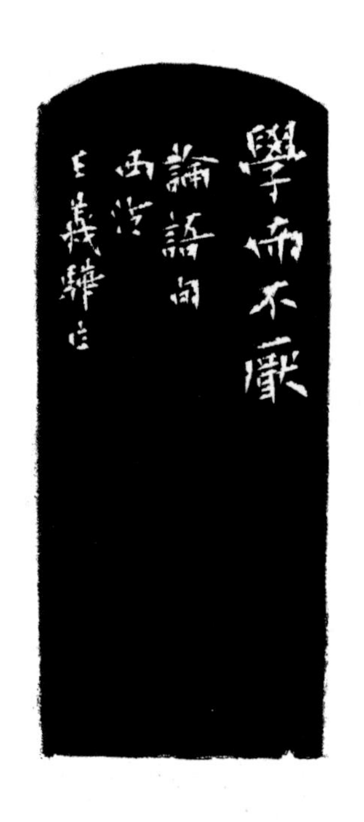

学而不厌

2.3cm × 2.9cm × 6.8cm

王义骅　刻

厚德载物

2.9cm × 3.0cm × 9.6cm

蔡毅 刻

从容无为

2.6cm × 2.6cm × 9.6cm

吴莹 刻

永寿嘉福

3.0cm × 3.0cm × 9.4cm

费名瑶　刻

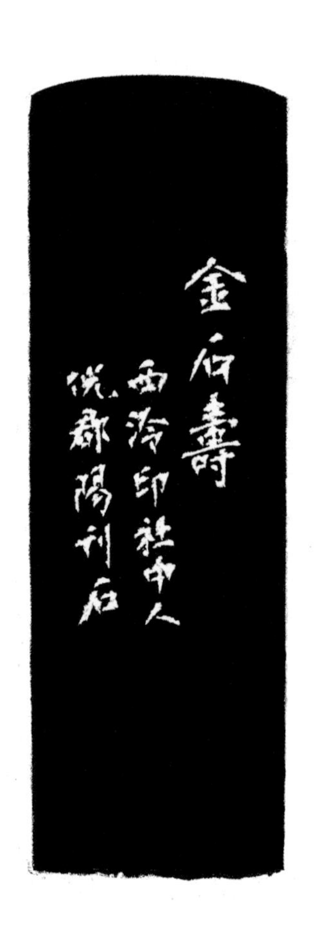

金石寿

3.5cm × 3.5cm × 11.2cm

倪郡阳　刻

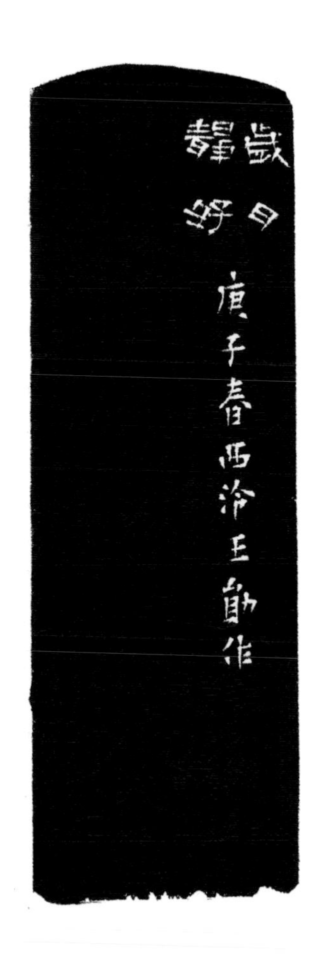

岁月静好

3.0cm × 3.0cm × 9.5cm

王勋　刻

乐佸

2.1cm × 2.6cm × 8.1cm

陈墨　刻

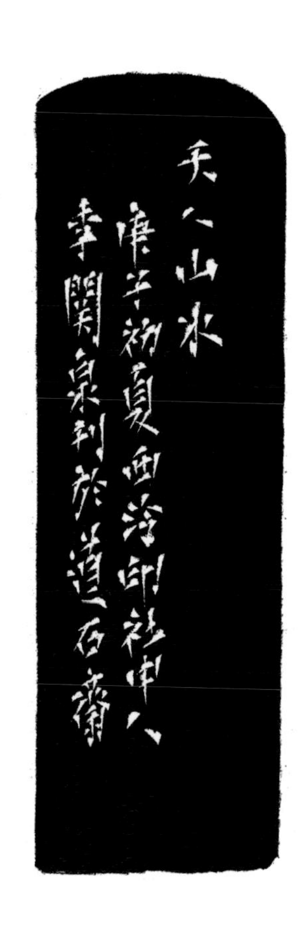

通幽处

3.4cm × 3.4cm × 11.1cm

季关泉　刻

大吉祥

2.9cm × 3.0cm × 8.7cm

戴家妙　刻

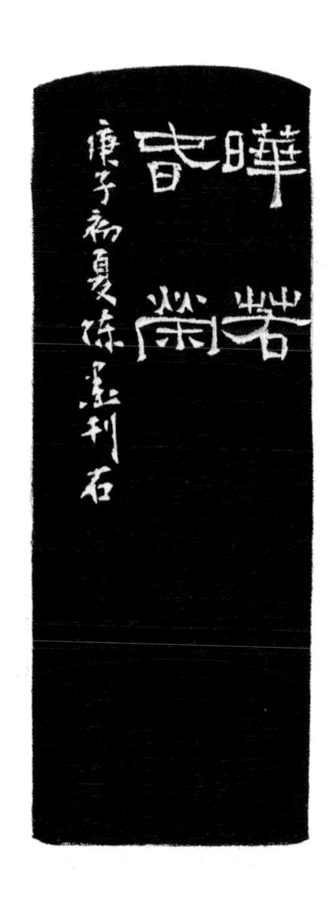

晔若春荣

3.0cm × 3.0cm × 8.6cm

陈墨　刻

红石老人

3.5cm × 3.6cm × 10cm

孙慰祖　刻

跋

哲学家罗素曾经说过：一个人无论多忙，都应保持一份追求闲情逸致的心。他认为闲情逸致的好处有四，一能减轻疲劳，二能减少烦恼，三能承受失败，四能摆脱生死。这样，一个人就能让自己的人生任凭八面来风，均可自由穿行，获得一种大自在、大超越。

德国哲学家海德格尔似乎说得更加彻底和浪漫，他将诗人荷尔德林的《人，诗意地栖居》一诗从语言、哲学、艺术、诗歌等方面阐释得淋漓尽致，由于他的名气和影响力，"诗意地栖居"的原创者反倒似乎是海德格尔。无论怎样，人都应该诗意地栖居在大地上，这是一种美好的与自然和谐相处的生存状态。无论我们在都市中仰望星空、凝视明月，还是泛舟五湖、遍历青山，其实都可以是一种人生诗意之旅。而遨游于历史，沉浸于艺术作品的创作或欣赏，则是另外一层精神世界的诗意之旅。中国文人向来视"诗书画印"为艺术世界的一个整体。印章是艺术家在石头上创作的篆刻艺术，同时蕴含着艺术家的完美人格追求，其创作过程就是中国历史和文字史的诗意之旅，收集、整理、欣赏的过程又何尝不是呢?

"天人山水"地处广州北郊从化区，从化是广州的水源地之一和天然氧吧。这里森林茂密，虽无崇山峻岭，却也层峦叠嶂，涧流潺潺，生意盎然，行走或栖息其间，诗意油然而生。

山川得人文相亲则风光日胜，人文得山川滋养则道风日长。有幸得西泠印社韩天衡、李刚田、周国城、余正等老师及数十位艺术名家惠赐篆刻作品，让这片风水宝地顿时活色生香。特别是韩天衡老师，不仅精心创作，还不辞劳苦为本书题字、作序；周国城老师亲自编著并题写书名"天人山水"，此感曷极！西泠印社出版社的编辑在本书出版过程中提出了许多宝贵的意见，牧心堂悉心为每一方印做好印蜕和专业拍摄，荟德轩团队进行了精心设计……此外，陈松麟、刘释之先生以及我的许多同事都付出了各种努力，还有很多热心帮助我们的人，恕不能一一具列，在此一并致以最衷心的感谢，以此铭记。

莫道明

2020 年 12 月